Um Sonho de Natal

Adenise Götz

ISBN: 979-8-4067-5044-5

DEDICATÓRIA

Dedico Este livro a todas as pessoas que
Sonham com os seus sonhos.
E que nunca deixaram de acreditar na Bondade!

CONTEÚDO

AGRADECIMENTOS

Agradeço a todos os meus amigos, que acreditaram em mim e não me deixaram desistir.
A não citar nomes a fim de não esquecer de ninguém, pois todos foram de suma importância.

Um Sonho de Natal

Era a noite antes do natal...

Era a noite antes do Natal, estavam todos na casa.
Nem uma criatura se mexia, nem mesmo um rato;

As meias foram penduradas na lareira com cuidado,
Na esperança de que Papai Noel logo estaria lá;
As crianças estavam aninhadas confortavelmente em suas camas,
Enquanto visões de doces dançavam em suas cabeças,

E mamãe em seu lenço, e eu em meu boné,
Tinha acabado de preparar nossas mentes para uma longa soneca de inverno

Quando lá fora, no jardim, ouviu-se um grande estrondo, pulei da cama para ver o que estava acontecendo.

Para perto da janela, voei como um flash,
Abri as venezianas e olhei a escuridão afora....

...

Sim, uma bela história de natal contada a partir do século XIX, quando a magia do natal, já era mundialmente conhecida...

Mas a nossa história, começa muito, muito tempo antes... A nossa história é:

Um Sonho de Natal

Era uma vez:

Era uma vez um homem chamado Yule. Yule e sua família tinham ganhado uma viagem de férias com destino ao Polo Norte.

Era a primeira vez que a família viajava, e estavam todos muito animados com a grande viagem.

Yule era um homem aventureiro que adorava a natureza e não tinha medo de desbravar lugares novos. Assim que a família chega na pousada em que iriam ficar por alguns dias, Yule sente uma imensa vontade de sair para caminhar.

Ele queria muito ver os pinheiros do polo norte, e se ele tivesse sorte talvez ele poderia até ver alguns alces e renas também...

Após desfazerem as malas, Yule prepara a sua mochila de caminhada, na mochila ele tinha itens de primeiros socorros que ele sempre levava com ele, para qualquer lugar que fosse ir, ele sempre estaria preparado para algum imprevisto, se, tivesse consigo a sua mochila.

Yule então deixa a sua mulher e filhos na hospedagem em que estavam e sai sozinho para explorar o local.

Antes de sair ele ainda pega um mapa da área em que estavam, no mapa havia a hospedagem, os campos de pinheiros, um rochedo de pedras, algumas casas de moradores locais e bem ao final do perímetro do mapa havia um rio com uma cachoeira congelada. O dono da hospedaria dissera a Yule para que ele ficasse mais pelas redondezas da hospedaria, pois Yule não tinha experiência com neve e no bosque dos pinheiros poderia haver animais ferozes, como ursos e lobos.

Guardando o mapa na mochila, Yule sai saltitando de animação da hospedaria. Feliz, mas com consciência dos riscos, ele inicia a sua caminhada rumo ao desconhecido.

Yule já havia andado muito, distraído, observando aquela bela e diferente paisagem branca, com arvores todas cobertas de neve, e, embora o lugar fosse muito frio, era lindo de se ver.

De repente Yule sente neve lhe cair sobre os ombros, ele olha para o céu e vê que o sol que havia até alguns minutos anteriores tinha sumido, repentinamente havia começado a nevar e a intensidade estava aumentando muito rapidamente.

O dono da hospedaria tinha avisado a Yule que isso poderia acontecer. Pois no Polo Norte o tempo e o clima eram bem instáveis e tudo mudava muito rapidamente.

Olhando ao seu redor para tentar identificar aonde estava, ele observa a alguns metros de distância várias formações rochosas, Yule então retira o seu mapa da mochila e o analisa, aquelas formações rochosas deveria ser parte do rochedo...

Ele teria que tomar uma decisão sobre o que fazer, como Yule estava muito longe da pousada e seria arriscado demais caminhar sob aquela forte nevasca, ele então decide ir em direção ao rochedo de pedras a fim de procurar por uma caverna, até que a nevasca passasse ou pelo menos diminuísse a intensidade. No rochedo ele estaria mais seguro.

Yule torna a guardar o mapa na mochila e parte rumo ao caminho do rochedo de pedras, após andar um pouco, e, mais devagar do que gostaria por causa da intensidade da neve, Yule de repente escuta gemidos, sem conseguir enxergar direito a princípio ele pensa ser de animais. Mas dando mais alguns passos ele percebe que os gemidos vinham de um homem deitado em meio a neve, o homem já estava quase todo encoberto pela neve, e se não fosse pelo casaco vermelho, que dera um destaque entremeio a neve branca, Yule não o teria encontrado.

Ele não poderia deixar aquele homem ali, fosse quem fosse ser, Yule tinha que ajudá-lo, o homem estava agonizando de frio.

Yule então analisa o terreno a volta deles, tudo já estava coberto de neve, ele tinha que pensar em como ajudar o homem, e rápido, a nevasca estava piorando ainda mais...

A sorte era que Yule era um homem prevenido, como sempre levava consigo a sua mochila com alguns itens de segurança e primeiros socorros, talvez ele tivesse algo que poderia usar, pois ele carregava de tudo o que podia, e sempre vinha a ajudar muito em momentos de sufoco.

Yule não poderia carregar o homem nas costas, os dois acabariam morrendo, Yule com o esforço, e o homem, se estivesse com algo quebrado poderia piorar muito, Yule sempre aprendera que não se deveria mexer em pessoas que tinham sofrido algum acidente, pois poderia machucar ainda mais a pessoa, sempre se prestava socorro chamando a emergência, mas ali no meio do nada e longe da hospedaria, ele não conseguiria chamar ninguém para ajudar, e também eles não tinham tempo para esperar o socorro, Yule teria que dar um jeito e salvar aquele homem sem pôr a vida de ambos em risco.

Yule então tira a mochila das costas e a abre analisando o seu interior, ao ver a sua faca e um rolo de cordas Yule tem uma ideia que poderia funcionar.

Ele decide fazer um tipo de trenó com galhos de árvores, com a faca Yule corta alguns galhos, e com o rolo de corda ele amara os galhos para que eles não pudessem se soltar, o restante da corda Yule usa para amarrar na ponta do trenó improvisado para poder puxar o homem.

Com um pouco de esforço, e com muito cuidado, movendo o homem com calma Yule vira ele sobre os galhos do trenó, o homem estava desacordado e Yule temia pela sua vida. Ao se certificar que o homem não iria resvalar do trenó improvisado Yule começa a puxá-lo em direção do rochedo de pedras.

O trenó deslizava sobre a neve de forma lenta, mas pelo menos a ideia de Yule tinha dado certo e eles estavam em movimento, àquela altura, Yule já não sentia mais os dedos dos pés, o que poderia ser muito perigoso, se eles congelassem.

Ao se aproximar do rochedo, Yule para algum tempo analisando aquela formação rochosa, a nevasca estava intensa, ele teria que encontrar um lugar rápido, depois de muito procurar, enfim em meio as pedras ele vê uma espécie de caverna, bem ao nível do solo.

Yule então deixa o homem próximo da entrada da caverna e entra nela sozinho, a fim de averiguar se ela era segura e se não tivesse já algum animal habitando a caverna.

A caverna estava vazia, Yule sentindo alívio então volta e puxa o homem para dentro da caverna.

A caverna era bem grande, e embora ali eles estariam protegidos da neve, Yule sente a necessidade de fazer uma fogueira para lhe aquecer e aquecer o homem, antes que ambos congelassem. Deixando o homem na caverna ele sai à procura de lenha.

Achar lenha seca seria algo bem difícil, ainda mais no meio daquela neve toda, Yule procura até encontrar uma arvore seca, ele revira seus galhos e encontra alguns que poderia ter o potencial de pegar fogo

Depois de algum tempo reunindo galhos e cascas, Yule volta para a caverna, ele não podia ficar muito tempo no ar livre, ele próprio estava congelando.

Ao chegar na caverna Yule derruba os galhos no chão e seleciona alguns galhos específicos para tentar acender a fogueira por meio de atrito, uma forma primitiva de se fazer fogo quando se tem poucos recursos. Tremendo por causa do frio, a tarefa de fazer fogo que já era difícil fica ainda mais difícil.

Yule cansava os braços, perdia o fôlego e nada do fogo acender, por várias vezes pensou em desistir, mas então ele olhava para o homem desacordado e pensava nele próprio, os dois precisavam se aquecer... não, ele não podia desistir, precisava continuar tentando e tentando...

E depois do que lhe pareceu um longo tempo, incrivelmente em uma última tentativa desesperada, os galhos pegam fogo.

Assim que as chamas aumentam Yule começa a sentir o calor do fogo emanar pela caverna. Ele sente algumas lagrimas de emoção lhe escorrerem pelo rosto.

Se sentindo grato por não ter desistido e a fim de tentar aquecer o homem inconsciente Yule o puxa mais para perto da fogueira.

Ele repara que o homem tinha a calça rasgada em uma das pernas, deixando à mostra um ferimento. Yule pega de sua mochila um vidrinho de soro feito com ervas naturais e, com algumas folhas que haviam caído dos galhos que ele havia trazido para acender a fogueira, ele faz um tipo de atadura.

O homem ainda estava desacordado e Yule estava fazendo o melhor possível para tentar deixá-lo bem, após terminar os curativos, Yule sai da caverna e mais uma vez vai recolher lenha, ele precisava manter a fogueira acesa. Yule volta com a lenha o mais rapidamente que pôde, fazia muito frio fora da caverna.

Dentro da caverna o fogo crepitava alegremente, produzindo muito calor. Após algumas horas se passarem o homem começa a acordar. Yule fica apreensivo.

A nevasca ainda estava intensa do lado de fora da caverna, mas dentro dela, com a determinação de Yule, a fogueira vibrante, tinha salvado a vida dos dois.

Ao abrir os olhos o homem o olha com espanto e logo coloca a mão sobre a perna ferida, ele então nota os curativos improvisados e torna a olhar para Yule sentado ali ao seu lado. Yule fala:

- Eu te encontrei caído em meio a nevasca e te trouxe para cá. Cuidei do teu machucado da melhor forma que pude.

Enquanto que o homem analisava os curativos em sua perna, Yule lembra que havia uma lata de sopa em sua mochila, ele a pega e a põe para esquentar na fogueira.

- Eu me lembro de estar voltando para casa quando tropecei e caí. – Começa a dizer o homem com uma voz um tanto quanto fraca.

- O senhor mora longe daqui? - Lhe pergunta Yule.

- Do outro lado do rochedo. – Responde o homem.

A esta altura a sopa já havia esquentado. Yule abre a lata e a entrega para o homem.

O homem pega a lata e em seguida fala. – Mas e você?

- O senhor precisa mais do que eu agora. – Responde Yule com bondade. – Beba!

O homem o olha com gratidão e começa a tomar a sopa.

Após um tempo em silencio e com o rosto já bem mais corado, o homem deu um meio sorriso ao olhar para o lado, ele viu os galhos amarrados, que Yule havia feito para o puxar.

– Boa ideia diz o homem a Yule.

Yule ri e fala. – Não é um trenó de verdade, mas deu certo.
Os dois homens começam a rir.
- Com certeza deu. – Responde o homem. - A vida da gente é realmente interessante, quando a gene fala que tem vida toda para fazer alguma coisa, vem a própria vida e te ensina que: a vida toda pode se resumir ao dia de hoje, ou a hora de agora...
– O homem fica uns minutos em silencio e em seguida torna a falar: - Meu nome é Noel. – Ele diz isso olhando para a fenda de entrada da caverna, finalmente a nevasca começava a diminuir a intensidade. – Obrigado por ter me ajudado.
Yule dá um sorriso a Noel e fala: – Eu não iria te deixar lá. Te ajudo a ir para casa também, o senhor não está em condições de ir sozinho.
Yule e Noel esperam até a neve parar de cair totalmente. Então Yule apaga a fogueira e com Noel apoiado em seu ombro saem juntos da caverna.
Noel ia ditando o caminho apoiando um braço em Yule, devagar os dois contornam o rochedo, Noel mancava muito, nunca conseguiria chegar em casa sozinho.

Eles tinham que parar várias vezes durante a caminhada para tomarem ar, tinha muita neve acumulada no chão e era bem difícil de andar, ainda mais com Noel mancando daquele jeito.
Ao darem a volta no rochedo de pedras e chegarem em uma área plana, Yule para de andar abruptamente, erguia-se a sua frente um enorme casarão, todo feito com blocos de pedra talhada.
- É... É aqui que você mora? – Lhe pede Yule visivelmente espantado.
Noel confirma positivamente com a cabeça.

- É uma linda casa. – Fala Yule. Este nunca tinha visto uma casa como aquela.

- A casa são apenas paredes de pedra, o verdadeiro tesouro é o que está dentro da casa; a minha esposa. – Diz Noel, com lagrimas nos olhos.

Ao se aproximarem mais da casa, uma mulher surge na porta e imediatamente vai correndo ao encontro dos dois.

- Olá. - Cumprimenta ela para Yule.

A mulher faz com que Noel apoie o outro braço nela ajudando Yule a carregá-lo para dentro da casa.

O interior daquele casarão era ainda mais incrível, bastante moderno para a época em que estavam vivendo. Ou era a energia daquele lugar... de alguma forma parecia ser mágico.

Yule e a mulher levam Noel até uma cadeira estofada, que estava perto de uma lareira.

A mulher corre para fechar a porta, evitando assim que frio entrasse na casa.

A mulher dá um beijo na testa de Noel e diz com carinho. - Eu estava preocupada com você. – Ela repara na atadura presa a perna machucada de Noel, faz menção de tirá-las, mas Noel lhe fala:

- Tudo bem, ele já cuidou de tudo, eu estou bem.

A mulher olha para Yule e em seguida pega uma cadeira e a coloca ao lado de Noel perto da lareira. – Sente-se, você deve estar cansado também.

Yule repara na lareira, ela era igualmente toda feita de pedras, muito bem ornamentada, parecia até que a lareira tinha vida própria.

Enquanto que Yule agradece se sentando a mulher volta a falar. – Vou fazer um chá para vocês dois se aquecerem um pouco.

Assim que a mulher saí da sala, Noel fala: - essa é a Sra. Noel, minha esposa.

Yule sorri animado para Noel, ele estava feliz por tê-lo ajudado a voltar para casa.

Não demora muito e a Sra. Noel volta com o chá e alguns biscoitos, ela serve a ambos e sai novamente.

Ao tomar o chá, Yule percebe quanta sorte os dois tiveram, por terem sobrevivido. E Noel tinha razão quanto ao que dissera: casa, paredes, bens materiais, não significavam nada sem as pessoas que amamos. Yule pensa em sua família, ele tinha que voltar.

Após tomar o chá, Yule diz a Noel que tinha que voltar, pois havia deixado sua mulher e filhos em uma hospedagem e eles também já deviam estar preocupados.

Noel agradece novamente a Yule e pede se ele queria uma recompensa por tê-lo salvado.

Yule agradece e diz que não queria nada. A recompensa que tinha era ver Noel bem em sua casa, na companhia da esposa.

Noel se levanta e ainda mancando acompanha Yule até a porta.

Ao se despedirem, Noel pergunta sobre os filhos de Yule.

Yule responde que tinha dois, um menino e uma menina.

Noel então lhe diz que neste dia, do ano seguinte, iria visitá-los no país em que moravam, e que iria levar um presente para cada integrante da família de Yule, em agradecimento por tê-lo salvado.

Yule se espanta ao ouvir as palavras do homem, mas agradece a futura gentileza. Lhe dando o endereço de onde morava.

Yule volta para a hospedagem ainda pensando na promessa de Noel. Ao entrar na hospedaria ele vê sua esposa e os filhos correrem em sua direção. Todos o abraçam calorosamente.

Yule sente que esta era sua maior recompensa, poder voltar para a sua família. A mulher de Noel havia ficado igualmente feliz com a volta do marido. E era isto que importava.

Naquela noite, ao organizar a sua mochila, Yule encontra o mapa, ele fica espantado ao não encontrar a casa de Noel catalogada.

No dia seguinte Yule pergunta ao dono da hospedaria sobre a casa no alto do rochedo, e ele lhe diz que lá não havia casa alguma. Eram apenas rochas e mais rochas, e que ele não conhecia ninguém chamado Noel.

- Eu acho que você viu neve demais, isso sim. – diz o dono da hospedaria, incrédulo na história e Yule.

Todas as casas dos moradores locais constavam no mapa, menos a de Noel aquilo era realmente muito estranho.

Após passarem mais alguns dias passeando pelo Polo Norte, foi chegada a hora da família de Yule voltar para casa.

Ao chegar em casa Yule olha no calendário, fora dia 25 de dezembro que ele havia salvado Noel. E mesmo que ninguém acreditasse, ele, Yule, jamais esqueceria dos momentos que tinha passado com Noel na caverna do rochedo.

Yule e a esposa voltam a sua vida normal, a família era humilde e moravam em uma casa simples, eles haviam ganhado aquela viagem em um sorteio de arrecadação de fundos, fora isso, eles tinham que trabalhar muito para manter a casa e os filhos, mas embora isso, eles eram muito felizes ali.

Um ano inteiro se passa. Yule jamais se esquecera de Noel, mas já tinha esquecido da promessa de Noel. Parecia quase impossível, um dia os dois voltarem a se ver.

Então, no meio da madrugada do dia 24 para o dia 25, alguém bate à porta de Yule.

Era uma noite muito fria, na cidade em que Yule morava também nevava, mas bem menos do que no polo norte.

Yule se levanta, veste seu roupão por cima do pijama e vai até a porta, ver quem lhe batia.

Para surpresa de Yule era Noel quem batia na porta.

Yule fica emocionado quando vê o homem que havia salvado.

- Eu disse que viria, não disse? – Diz Noel rindo.

Yule o convida para entrar, ele pega uma cadeira e põe em frente a lareira de sua casa, Yule volta a acender a lareira, as chamas haviam se apagado no decorrer da noite.

A esposa de Yule se levanta para ver quem havia chegado. Ela olha surpresa para o homem desconhecido.

- Este é o Noel do polo norte. - Yule apresenta o homem para a sua esposa.

A mulher olha espantada para o marido, ela não tinha duvidado de Yule, quanto a existência de Noel, mas havia duvidado que o homem fosse realmente aparecer.

A mulher prepara um chá com biscoitos e oferece a Noel, ele podia estar faminto com a viagem.

Noel estava novamente vestindo o casacão vermelho e trazia junto consigo um saco também vermelho. O saco parecia cheio com alguma coisa.

Noel era um homem bem mais velho do que Yule, ele tinha os cabelos e abarba branca, a barba era bem comprida.

Noel pede gentilmente para a esposa de Yule acordar as crianças.

A mulher olha para Yule que concorda com a cabeça, mesmo sem saber o que exatamente Noel queria com seus filhos.

Depois de alguns minutos a espera, a mulher reaparece trazendo consigo duas crianças sonolentas. As crianças se sentam ao lado da mãe em um banco feito de madeira que estava na lateral da lareira.

Noel pega o saco e retira dele um grande presente, ele o entrega para Yule.

Yule fica sem graça, ele agradece ao presente com lagrimas nos olhos. Noel estava mesmo cumprindo com a promessa que lhe havia feito um ano atrás.

Yule abre o presente e se depara com uma mochila de suprimentos, na mochila havia itens como uma bussola, cordas, bandagens, entre outras coisas. Ele estava olhando tudo muito emocionado.

Noel retira do saco vermelho outro presente e o entrega para a esposa de Yule. A mulher o olha espantada.
A esta altura os filhos de Yule já estavam bem acordados e muito curiosos para ver o que a mãe havia ganhado.
A mulher desembrulha o seu presente. Ela havia ganhado um lindo vestido. Por coincidência era um vestido que ela havia visto na vitrine de uma loja de sua cidade. Ela havia gostado muito do vestido, mas não tinha dinheiro para comprá-lo.
A mulher agradece a Noel, também emocionada.
Noel retira mais um presente do saco, as crianças se inquietam ainda mais. O presente tinha um embrulho azul, Noel o entrega ao filho de Yule.
O menino pega o presente e o desembrulha. Ele tira do papel um belo carrinho. O filho sempre pedia para o pai lhe comprar um daqueles.
O garotinho agradece a Noel, enquanto que ele retira do saco um último presente, embrulhado em papel rosa. Noel o entrega para a filha de Yule.
A menina dá um enorme sorriso assim que retira do pacote uma linda boneca, era a boneca mais linda que ela já havia visto.
Yule não sabia como Noel tinha adivinhado tão bem, o que cada um mais desejava ter, mas estava feliz com a reação de sua família sobre os presentes.
Após conversar um pouco com Yule e comer alguns biscoitos, Noel se levanta e enrola o saco vazio e diz. – Tenho que ir agora.
- Mas você acabou de chegar. - Diz Yule sem entender o motivo da pressa de Noel. - Fique conosco pelo menos até amanhã.
- Não posso. – Responde Noel. – Prometi a Sra. Noel que eu voltaria ainda esta noite.
- Como é que o Senhor veio do Polo Norte até aqui? – Pergunta o filho de Yule a Noel.
- Eu vim de trenó. Foi ideia do seu pai. – Diz Noel rindo.
Yule se lembra do protótipo de trenó que tinha feito com

os galhos das árvores para puxar Noel até a caverna.
Não, Noel não podia ter vindo de trenó. Eles moravam em uma cidade e não se podia andar de trenó dentro da cidade, e Noel teria que ter cruzado um continente inteiro e o mar para chegar à casa de Yule, e não era possível fazer isso em um trenó.

A filha de Yule vai até Noel e o abraça na altura das pernas.

– Muito obrigada Papai Noel. – Diz a garota, a menina se afasta e volta para o quarto com a boneca nos braços.

O filho de Yule também agradece a Noel e segue a irmã.

Noel fica contente em ser chamado de Papai Noel, ele não tinha filhos, mas havia gostado do carinho que tinha recebido dos filhos de Yule. Poderia muito bem ter o carinho das outras crianças.

Yule e a esposa acompanham Noel até a porta, e para surpresa deles, havia um trenó de verdade, estacionado em frente à casa. Mas, em vez de cachorros para puxar o trenó, havia várias renas.

Yule fica sem palavras. Noel entra no trenó, que também era vermelho e acena para Yule e a esposa.

Noel bate a rédeas do trenó e as renas começam a correr, aos poucos o trenó começa a levitar do chão. As renas corriam em pleno ar. O trenó estava voando para longe.

Os filhos de Yule viram tudo pela janela do quarto, eles estavam encantados. Yule e a esposa estavam de boca aberta. Como aquilo era possível?

...

Noel era encantado, uma vez por ano ele dava presentes para as crianças do Polo Norte, mas desde que Yule salvara sua vida, ele resolvera estender aquela bondade para além do seu território habitual, e, para poder cumprir com a sua promessa feita a Yule ele resolveu andar no seu trenó mágico naquela noite.

Noel podia andar no seu trenó apenas uma vez cada ano, então ele resolveu usar todos os anos a mesma data, a noite do dia 24 de dezembro, em homenagem ao dia que Yule havia salvado a sua vida.

Noel então passou a entregar na noite do dia 24 de dezembro de todo ano, presentes para todas as crianças que existissem.

Noel possuía também o poder da super velocidade e tinha um globo de neve especial, o qual o permitia viajar através de um portal. Noel também tinha vários minis ajudantes, os quais ele carinhosamente chamava de anões. Assim ele conseguia entregar todos os presentes em apenas uma noite.

No ano seguinte Noel retorna a casa de Yule. Todos estavam dormindo e Noel não quis acordá-los.
Noel se esgueira por uma janela entre aberta e repara que a família havia posto ao lado da lareira uma árvore, igual as árvores que existiam no polo norte, a família havia iluminado a árvore e posto em seus galhos várias bolinhas coloridas.

Noel então decide colocar os presentes de todos ao pé da árvore, e vai embora sem fazer barulho.

Assim que a família acorda na manhã do dia 25 de dezembro os filhos veem os presentes embaixo da árvore e correm para contar aos pais.

Yule emocionado repara que havia um bilhete preso em um dos galhos da árvore. O bilhete dizia:

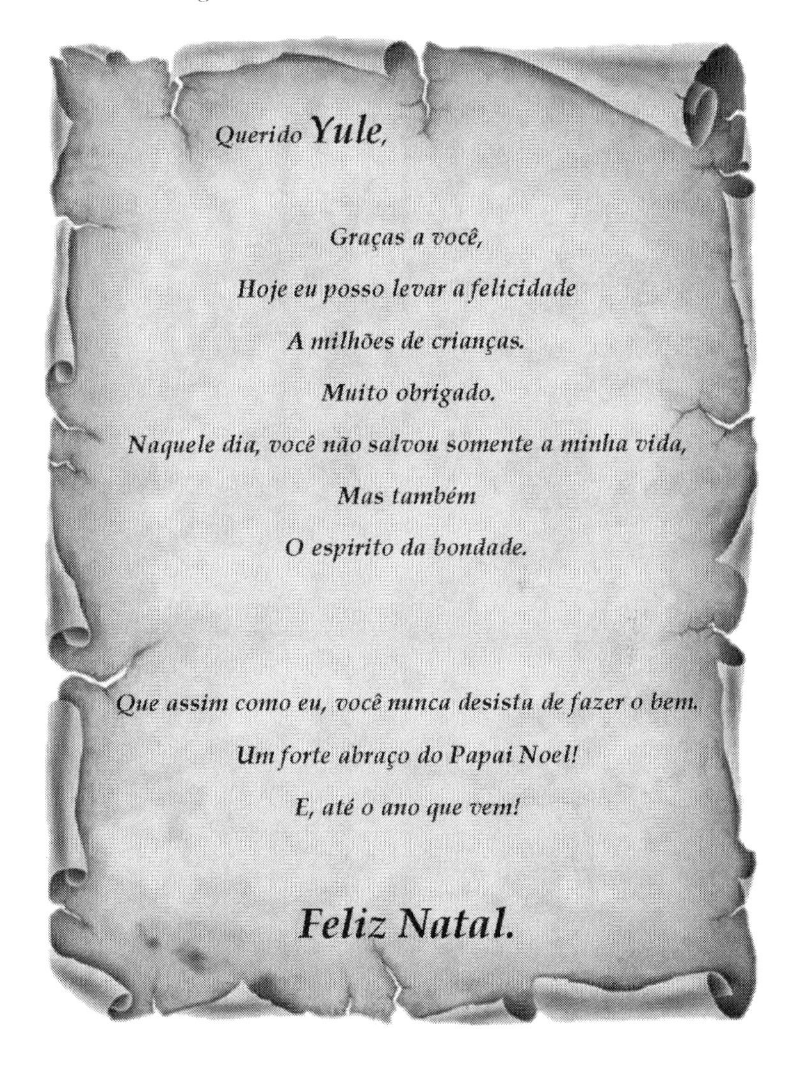

Querido **Yule,**

Graças a você,

Hoje eu posso levar a felicidade

A milhões de crianças.

Muito obrigado.

Naquele dia, você não salvou somente a minha vida,

Mas também

O espirito da bondade.

Que assim como eu, você nunca desista de fazer o bem.

Um forte abraço do Papai Noel!

E, até o ano que vem!

Feliz Natal.

Ano após ano a história se repetia, sempre na mesma data, sempre deixando presentes, poucos eram os que o viam, mas todos sabiam que ele existia.

Ao longo dos anos o sucesso foi tanto que decidiram fazer feriado, o dia 25 de dezembro ficou conhecido como o dia de Natal.

Onde todas as crianças do mundo acordavam felizes por ganharem presentes aos pés de uma árvore iluminada.

A árvore com luzes e bolinhas passou a ser tradição, como se fosse um farol de esperança para que Papai Noel pudesse encontrar o caminho para cada casa.

E assim, mais do que presentes, o bom velhinho, deixava também sorrisos.

...

E assim continua a história do Papai Noel.

...

Um velhinho de barba branca, vestido de vermelho, entregando presentes em um trenó, na noite do dia 24 de dezembro.

... ...

...

De repente...

... Uma nevoa misteriosa começa a encobrir os olhos de Yule...
Ele tinha o bilhete de Noel em suas mãos, mas ele não conseguia mais ler o que estava escrito, ele já não via mais a árvore a sua frente...

Algo estava acontecendo, de repente Yule se vê em queda livre, caindo e caindo ...

... Caindo e caindo...

Uma escuridão totalmente densa o envolve. O que estava acontecendo...

Em uma fração de segundos Yule consegue abrir os olhos, ele olha ao seu redor tentando descobrir aonde é que ele estava...
Mas...
Yule se vê em sua cama, ele tinha acordado no susto da queda sonhada.
Com o sonho ainda nítido em sua mente, Yule demora até que retoma a consciência, sons longínquos o trazem de volta a realidade, ele se percebe escutando os gritos de alegria dos filhos vindo da sala, era noite de natal...
Ele estivera sonhando.
Além de ter sido um sonho maravilhoso, também era o sonho mais real que Yule já tinha sonhado.

Mas...
E...

Será que era apenas um sonho?

Ou...

Quando lá fora, no jardim, ouviu-se um grande estrondo, pulei da cama para ver o que estava acontecendo.

Para perto da janela, voei como um flash,
Abri as venezianas e olhei a escuridão afora....

Gritou Noel e acenando de seu trenó mágico para Yule, ele sumiu no céu noturno.

ALÉM DE PRESENTES,
O NATAL
É A ÉPOCA
DE
DOAR SORRISOS

SOBRE A AUTORA

Adenise Cristiana Götz
Conhecida pelos amigos como: Ade.
Nascida em Três Passos, Brasil em 1992.
A fascinação de Ade por contos de fadas, mitos e lendas antigas, juntamente com a inspiração trazida da infância, levaram-na a escrever o seu primeiro livro da série
Baú de Sonhos:
Um Sonho de Natal.

Made in the USA
Columbia, SC
25 September 2022